松

上松美智子

青磁社

蓬萊や子松孫松曾孫松

櫂

松＊目次

序句　長谷川　櫂　1

Ⅰ　7
Ⅱ　39
Ⅲ　71
Ⅳ　103
Ⅴ　135

あとがき　167

季語索引　168
初句索引　176

句集

松

I

朴の花谷深ければ山高く

仰ぎみる蒼はみどり朴の花

花の蜜吸うて揺れゐる目白かな

雪柳箒にふれてこぼれけり

新緑を一日風の吹きどほし

老いし母訪うて語らふ粽かな

在《ながら》へて八十の母粽解く

山々のしたたる中や婚約す

新婚の家をかくせる葭簀かな

松平在所この辺初蛙

森のごとき織部の皿や風薫る

鈴木徹

胸乳まで浸り水草刈りすすむ

大阿蘇の大カルデラに早苗取る

盗み来て阿弥陀をがむや夏木立

夏やせか恋の悩みか猫通る

二人目のややがお腹に大鮑

尺蠖のこども沢山とび歩く

山繭を破つて青き羽ひらく

二階の子呼んで集めて豆御飯

蕎麦を打つ男に似合ふ五月闇

荒梅雨の家はま青に煙りけり

連れ立ちて少年泳ぐ梅雨入かな

火の如き九十三歳沖縄忌

それからの物語せよ草の絮

今年又誰《たが》袖《そで》屏風みにゆかん

かつがれて鉾に乗る稚児尊しや

戻り鉾団扇の波に送られて

誰彼に手をふりゆくや戻り鉾

清水の昔をしのぶ氷店

II

芋の葉を翳りゐるもの姿なし

日焼せし筋肉つつむ背広かな

嵐峡の闇を鵜篝流れけり

足《あし》半《なか》を並べて干して炎天下

碧空を落ちては返る小鰺刺

引潮や蟹の仕業の砂団子

一晩で背丈伸びる子夏休み

裸の子ドンブリ飯をもう一膳

水打つてたちまち風の中に立つ

口中に木苺つぶす晩夏かな

今宵より秋の百夜の始まれり

鯛や明日は去りゆく海の家

而して右に左に生身魂

秋の鮎鵜にかまれたる傷深く

火達磨となりて燈籠流れゆく

お施餓鬼のおにぎり一つもらひけり

風出でて大の一字や点火待つ

大文字果ててあはれや大の字に

鳥居形崩れて闇となりにけり

老松のもとに題目踊かな

兄の帯つかみて妹踊るかな

南無妙法蓮華経とや浴衣の輪

朝涼や火床の炭をとりにゆく

ひろびろと一日の果て鰯雲

皮うすきもろこしに実のびつしりと

冬瓜が四つぶらりと柿の木に

もろもろを加へて煮るや冬瓜汁

一日づつ生きて八月終りけり

来年もありやと思ふ秋思かな

Ⅲ

五位立ちて梢に高し四方の秋

峠とはかくも明るき秋の空

シンプルな生活目指す九月かな

敬老日足強かれと祝ひけり

楽しみは走りの栗のはぜる音

秋の蝶滝のしぶきを飛びめぐる

風にゆれ白き萩また紅き萩

奪衣婆の一生のいかに秋の風

悲しみに耐へてかぶらの種を蒔く

初卯わけてもらひぬ草の花

台風の追ひかけてくる電車かな

叡山は墨絵のごとし霧の中

月賞づる心は明し月よりも

法燈千二百年初紅葉

不動明王火焔の中に秋の風

山よりの帰り危ふき野菊かな

いざよひは家にてあふぐやすけさよ

山の奥大き寝釈迦を月照らす

取れずとも楽しかりけり茸狩

父母の恩の深しや衣被

江の島の岩屋の秋を惜しみけり

ほこほこと土の中より芋の秋

味噌玉に麹まぶすや秋日和

人質の夜長をいかに過ごしけむ

家康　幼少のころ

椋鳥の朝の御馳走夜盗虫

早おきの収穫あまたなる檸檬

百舌の子に柿の実いくつ喰はれしか

富有柿の二本の実を食ひ比べ

蚕豆をまく準備せよ十三夜

鶏の玉子ころがる菊日和

Ⅳ

蝸牛並べて秋を惜しみけり

彫り起こす観音の顔一位の実

一位の木命継がむと実をこぼす

一竿のゆき二竿の雁の秋

幾ばくか残る命や枯蟷螂

石英のきらめくごとし冬の朝

吉野葛焙《ほい》炉《ろ》に乾く小春かな

冬紅葉一碗にある大宇宙

身につけるもののいろいろの寒さかな

榾の火は生くるがごとく動きけり

都鳥鴨押しのけて餌奪ふ

今年また岩代の餅届きけり

綴りきし十年日記了りけり

外に出てあちらこちらの除夜の鐘

大旦沢庵桶の封切らん

元旦やひときは白き伊吹山

夜が明けて一つ年とる雑煮かな

臘梅や甕一杯に活けてある

新年や雪の融けたる山の道

幸せと思ひて寝ぬる老の春

老の春おのが鼓動の正しさよ

初雀身づくろひしてふつくらと

山茶花に鳥くる朝の深雪かな

空青くもの皆白く深雪晴

顔焼いてすぐに退くどんどかな

粥柱むかしは人の情あり

寒紅に十若返る鏡かな

煮凍りや母のその母懐しく

ものぐさを決めこんでゐる海鼠かな

こんなことしてはをられぬ海鼠かな

V

暗がりを出勤する子息白し

継続こそ力寒の鯰喰ふ

笹の葉のごとく重ねて蒸し鰈

花びらの吉野拾遺の葛湯かな

あやとりの橋くみかへて春を待つ

福は内鬼は外闇深かりき

還暦を過ぎれば福か鬼やらひ

次々に部屋を灯して鬼やらふ

乾坤に木曾御嶽や春立ちぬ

鶯の声の移るや姿見む

春の夜やひとり働くパンこね機

文楽の稽古の前に打つ春田

子を産みし日もかく匂ひ沈丁花

双葉立つリスの埋めたる櫟《くぬぎ》の実

満作の次は菜の花登り窯

轟いて鳴門の渦や桜鯛

二羽の鳥巣造りの枝もてあます

新婚の皿いろいろや春灯

能郷の春の始めや三番叟

根尾能郷は能狂言の里

大垣から樽見へ

樽見線桜をぬけてまた桜

根つぎして命なりけり大桜

父母は花にて在す吉野山

如意輪寺花ほの白く暮れ残る

吉野谷自在に動く花の霧

山桜天辺にゐて羽繕ふ

生れてはや身籠る仔猫また仔猫

風にのり花びら筏さかのぼる

蕉翁の旅の姿か花吹雪

あとがき

この度句集『松』を出すことが出来幸甚に思います。
長谷川櫂先生には大変お世話になりました。
これまで御縁のあった方々、句座を共にした方々に厚くお礼申し上げます。
また句集を出すことを勧めてくれた母ひさに感謝しております。

二〇一四年冬至

上松美智子

季語索引

あ行

秋【あき】（秋）
五位立ちて梢に高し四方の秋　七三
秋惜しむ【あきおしむ】（秋）
江の島の岩屋の秋を惜しみけり　九三
蝸牛並べて秋を惜しみけり　一〇五
秋風【あきかぜ】（秋）
奪衣婆の一生のいかに秋の風　八〇
不動明王火焔の中に秋の風　八七
秋の空【あきのそら】（秋）
峠とはかくも明るき秋の空　七四
秋の蝶【あきのちょう】（秋）
秋の蝶滝のしぶきを飛びめぐる　七八
秋の夜【あきのよ】（秋）
今宵より秋の百夜の始まれり　五一
秋晴【あきばれ】（秋）
味噌玉に麴まぶすや秋日和　九五
鰺刺【あじさし】（夏）
碧空を落ちては返る小鰺刺　四五
鮑【あわび】（夏）
二人目のややがお腹に大鮑　二四
息白し【いきしろし】（冬）
暗がりを出勤する子息白し　一三七
生身魂【いきみたま】（秋）
而して右に左に生身魂　五三
十六夜【いざよい】（秋）
いざよひは家にてあふぐやすけさよ　八九
一位の実【いちいのみ】（秋）
一位の木命継がむと実をこぼす　一〇七
彫り起こす観音の顔一位の実　一〇六
芋【いも】（秋）
芋の葉を翳りゐるもの姿なし　四一
ほこほこと土の中より芋の秋　九四

鰯雲【いわしぐも】(秋)
ひろびろと一日の果て鰯雲　六四
鵜飼【うかい】(夏)
嵐峡の闇を鵜篝流れけり　四三
鶯【うぐいす】(春)
鶯の声の移るや姿見む　一四六
打水【うちみず】(夏)
水打つてたちまち風の中に立つ　四九
炎天下【えんてんか】(夏)
足半を並べて干して炎天下　四四
沖縄忌【おきなわき】(夏)
火の如き九十三歳沖縄忌　三一
落鮎【おちあゆ】(秋)
秋の鮎鵜にかまれたる傷深く　五四
鬼やらひ【おにやらい】(冬)
還暦を過ぎれば福か鬼やらひ　一四三
次々に部屋を灯して鬼やらふ　一四四
福は内鬼は外闇深かりき　一四二

か行

柿【かき】(秋)
富有柿の二本の実を食ひ比べ　一〇〇
風薫る【かぜかおる】(夏)
森のごとき織部の皿や風薫る　一九
蟹【かに】(夏)
引潮や蟹の仕業の砂団子　四六
蕪【かぶ】(冬)
悲しみに耐へてかぶらの種を蒔く　八一
粥柱【かゆばしら】(新年)
粥柱むかしは人の情あり　一三〇
雁【かり】(秋)
一竿のゆき二竿の雁の秋　一〇八
蛙【かわず】(春)
松平在所この辺初蛙　一八
元朝【がんちょう】(新年)
大旦沢庵桶の封切らん　一一九

元旦やひとときは白き伊吹山　一二〇
寒の内【かんのうち】（冬）
継続こそ力寒の鯰喰ふ　一三八
寒紅【かんべに】（冬）
寒紅に十若返る鏡かな　一三一
祇園会【ぎおんえ】（夏）
かつがれて鉾に乗る稚児尊しや　三四
今年又誰袖屏風みにゆかん　三三
誰彼に手をふりゆくや戻り鉾　三六
戻り鉾団扇の波に送られて　三五
菊日和【きくびより】（秋）
鶏の玉子ころがる菊日和　一〇二
衣被【きぬかつぎ】（秋）
父母の恩の深しや衣被　九二
霧【きり】（秋）
叡山は墨絵のごとし霧の中　八四
九月【くがつ】（秋）
シンプルな生活目指す九月かな　七五
草の花【くさのはな】（秋）
初卵わけてもらひぬ草の花　八二
草の穂【くさのほ】（秋）
それからの物語せよ草の絮　三二
葛湯【くずゆ】（冬）
花びらの吉野拾遺の葛湯かな　一四〇
栗【くり】（秋）
楽しみは走りの栗のはぜる音　七七
敬老の日【けいろうのひ】（秋）
敬老日足強かれと祝ひけり　七六
氷水【こおりみず】（夏）
清水の昔をしのぶ氷店　三七
小春【こはる】（冬）
吉野葛焙炉に乾く小春かな　一一一

さ行

左義長【さぎちょう】（新年）
顔焼いてすぐに退くどんどかな　一二九

桜【さくら】（春）
風にのり花びら筏さかのぼる　一六三
蕉翁の旅の姿か花吹雪　一六四
樽見線桜をぬけてまた桜　一五六
父母は花にて在す吉野山　一五八
如意輪寺花ほの白く暮れ残る　一五九
根つぎして命なりけり大桜　一五七
山桜天辺にゐて羽繕ふ　一六一
吉野谷自在に動く花の霧　一六〇
桜鯛【さくらだい】（春）
轟いて鳴門の渦や桜鯛　一五二
山茶花【さざんか】（冬）
山茶花に鳥くる朝の深雪かな　一二七
五月闇【さつきやみ】（夏）
蕎麦を打つ男に似合ふ五月闇　二八
早苗【さなえ】（夏）
大阿蘇の大カルデラに早苗取る　二一
寒し【さむし】（冬）
身につけるものいろいろの寒さかな　一一三
尺蠖【しゃくとり】（夏）
尺蠖のこども沢山とび歩く　二五
秋思【しゅうし】（秋）
来年もありやと思ふ秋思かな　六九
春灯【しゅんとう】（春）
新婚の皿いろいろや春灯　一五四
除夜の鐘【じょやのかね】（冬）
外に出てあちらこちらの除夜の鐘　一一八
沈丁花【じんちょうげ】（春）
子を産みし日もかく匂ひ沈丁花　一四九
新年【しんねん】（新年）
新年や雪の融けたる山の道　一二三
新緑【しんりょく】（夏）
新緑を一日風の吹きどほし　一三
施餓鬼【せがき】（秋）
お施餓鬼のおにぎり一つもらひけり　五六
雑煮【ぞうに】（新年）

夜が明けて一つ年とる雑煮かな　一二一

た行

台風【たいふう】（秋）
台風の追ひかけてくる電車かな　八三
大文字【だいもんじ】（秋）
朝涼や火床の炭をとりにゆく　六三
兄の帯つかみて妹踊るかな　六一
老松のもとに題目踊かな　六〇
風出でて大の一字や点火待つ　五七
大文字果ててあはれや大の字に　五八
鳥居形崩れて闇となりにけり　五九
南無妙法蓮華経とや浴衣の輪　六二
田打【たうち】（春）
文楽の稽古の前に打つ春田　一四八
茸狩【たけがり】（秋）
取れずとも楽しかりけり茸狩　九一
粽【ちまき】（夏）
老いし母訪うて語らふ粽かな　一四
在へて八十の母粽解く　一五
入梅【ついり】（夏）
連れ立ちて少年泳ぐ梅雨入かな　三〇
月【つき】（秋）
月賞づる心は明し月よりも　八五
山の奥大き寝釈迦を月照らす　九〇
梅雨【つゆ】（夏）
荒梅雨の家はま青に煙りけり　二九
冬瓜【とうが】（秋）
冬瓜が四つぶらりと柿の木に　六六
もろもろを加へて煮るや冬瓜汁　六七
玉蜀黍【とうもろこし】（秋）
皮うすきもろこしに実のびつしりと　六五
蟷螂枯る【とうろうかる】（冬）
幾ばくか残る命や枯蟷螂　一〇九
灯籠流【とうろうながし】（秋）
火達磨となりて燈籠流れゆく　五五

鳥の巣【とりのす】（春）
二羽の鳥巣造りの枝もてあます　一五三

な行

夏木立【なつこだち】（夏）
盗み来て阿弥陀をがむや夏木立　二一

夏休【なつやすみ】（夏）
一晩で背丈伸びる子夏休み　四七

夏痩【なつやせ】（夏）
夏やせか恋の悩みか猫通る　二三

海鼠【なまこ】（冬）
こんなことしてはをられぬ海鼠かな　一三四
ものぐさを決めこんでゐる海鼠かな　一三三

煮凝【にこごり】（冬）
煮凍りや母のその母懐しく　一三二

日記買ふ【にっきかう】（冬）
綴りきし十年日記了りけり　一一七

猫の子【ねこのこ】（春）
生れてはや身籠る仔猫また仔猫　一六二

野菊【のぎく】（秋）
山よりの帰り危ふき野菊かな　八八

後の月【のちのつき】（秋）
蚕豆をまく準備せよ十三夜　一〇一

は行

萩【はぎ】（秋）
風にゆれ白き萩また紅き萩　七九

裸【はだか】（夏）
裸の子ドンブリ飯をもう一膳　四八

八月【はちがつ】（秋）
一日づつ生きて八月終りけり　六八

初雀【はつすずめ】（新年）
初雀身づくろひしてふつくらと　一二六

初春【はつはる】（新年）
老の春おのが鼓動の正しさよ　一二五
幸せと思ひて寝ぬる老の春　一二四

初紅葉【はつもみじ】（秋）
法燈千二百年初紅葉　八六
春【はる】（春）
能郷の春の始めや三番叟　一五五
春の夜【はるのよ】（春）
春の夜やひとり働くパンこね機　一四七
春待つ【はるまつ】（冬）
あやとりの橋くみかへて春を待つ　一四一
晩夏【ばんか】（夏）
口中に木苺つぶす晩夏かな　五〇
蜩【ひぐらし】（秋）
蜩や明日は去りゆく海の家　五二
日焼【ひやけ】（夏）
日焼せし筋肉つつむ背広かな　四二
双葉【ふたば】（春）
双葉立つリスの埋めたる櫟の実　一五〇
冬の朝【ふゆのあさ】（冬）
石英のきらめくごとし冬の朝　一一〇
冬紅葉【ふゆもみじ】（冬）
冬紅葉一碗にある大宇宙　一一二
朴の花【ほおのはな】（夏）
仰ぎみる萼はみどり朴の花　一〇
朴の花谷深ければ山高く　九
榾【ほた】（冬）
榾の火は生くるがごとく動きけり　一一四

ま行

豆飯【まめめし】（夏）
二階の子呼んで集めて豆御飯　二七
金縷梅【まんさく】（春）
満作の次は菜の花登り窯　一五一
都鳥【みやこどり】（冬）
都鳥鴨押しのけて餌奪ふ　一一五
椋鳥【むくどり】（秋）
椋鳥の朝の御馳走夜盗虫　九七
蒸鰈【むしがれい】（春）

笹の葉のごとく重ねて蒸し鰈　一三九
眼白【めじろ】（夏）
花の蜜吸うて揺れゐる目白かな　一一一
藻刈【もかり】（夏）
胸乳まで浸り水草刈りすすむ　二〇
鵙【もず】（秋）
百舌の子に柿の実いくつ喰はれしか　九九
餅【もち】（冬）
今年また岩代の餅届きけり　一一六

や行

山滴る【やましたたる】（夏）
山々のしたたる中や婚約す　一六
天蚕【やままゆ】（夏）
山繭を破つて青き羽ひらく　二六
雪晴【ゆきばれ】（冬）
空青くもの皆白く深雪晴　一二八
雪柳【ゆきやなぎ】（春）
雪柳箒にふれてこぼれけり　一二
葭簀【よしず】（夏）
新婚の家をかくせる葭簀かな　一七
夜長【よなが】（秋）
人質の夜長をいかに過ごしけむ　九六

ら行

立春【りっしゅん】（春）
乾坤に木曾御嶽や春立ちぬ　一四五
檸檬【れもん】（秋）
早おきの収穫あまたなる檸檬　九八
蠟梅【ろうばい】（冬）
臘梅や甕一杯に活けてある　一二三

初句索引

あ

仰ぎみる　一〇
秋の鮎　五四
秋の蝶　七八
朝涼や　六三
足半を　四四
兄の帯　六一
あやとりの　一四一
荒梅雨の　二九
生れてはや　一六二

い

幾ばくか　一〇九
いざよひは　八九
一位の木　一〇七
芋の葉を　四一

う

鶯の　一四六

え

叡山は　八四
江の島の　九三

お

老いし母　一四
老の春　一二五
老松の　六〇
大旦　一一九
大阿蘇の　二一
お施餓鬼の　五六

か

顔焼いて　一二九
風出でて　五七
風にのり　一六三
風にゆれ　七九
蝸牛　一〇五
かつがれて　三四
悲しみに　八一
粥柱　一三〇
皮うすき　六五
元旦や　一二〇
寒紅に　一三一
還暦を　一四三

き

清水の　三七

く

暗がりを　一三七

け

継続こそ　一三八
敬老日　七六
乾坤に　一四五

こ

五位立ちて　七三
口中に　五〇
今年また　一一六
今年又　一三三
今宵より　五一
子を産みし　一四九
こんなこと　一三四

さ

笹の葉の　一三九
山茶花に　一二七

し

幸せと　一二四
而して　五三
尺蠖の　二五
蕉翁の　一六四
新婚の
　家をかくせる　一七
　皿いろいろや　一五四
新年や　一二三
シンプルな　七五
新緑を　一三

せ

石英の　一一〇

そ

外に出て　一一八
蕎麦を打つ　二八
空青く　一二八
蚕豆を　一〇一
それからの　一三二

た

台風の　八三
大文字　五八
奪衣婆の　八〇
楽しみは　七七
樽見線　一五六
誰彼に　三六

ち

父母の　九二
父母は　一五八

つ

次々に　一四四
月賞づる　八五

綴りきし　一一七
連れ立ちて　一三〇

と

冬瓜が　六六
峠とは　七四
轟いて　一五二
鳥居形　五九
取れずとも　九一

な

在へて　一五
夏やせか　二三
南無妙法　六二

に

二階の子　二七
煮凍りや　一三二
如意輪寺　一五九
鶏の　一〇二
二羽の鳥　一五三

ぬ

盗み来て　二三

ね

根つぎして　一五七

の

能郷の　一五五

は

裸の子　四八
初雀　一二六
初卵　八二
花の蜜　一一
花びらの　一四〇
早おきの　九八
春の夜や　一四七

ひ

引潮や　四六
蜩や　五二
火達磨と　五五
一竿の　一〇八
人質の　九六
一晩で　四七
一日づつ　六八
火の如き　三一
日焼せし　四二
ひろびろと　六四

ふ

福は内　一四二
双葉立つ　一五〇
二人目の　二四
不動明王　八七

富有柿の　一〇〇
冬紅葉　一一二
文楽の　一四八

へ

碧空を　四五

ほ

法燈　八六
朴の花　九
ほこほこと　九四
榾の火は　一一四
彫り起こす　一〇六

ま

松平　一八
満作の　一五一

み

水打つて　四九
味噌玉に　九五
身につける　一一三
都鳥　一一五

む

椋鳥の　九七
胸乳まで　二〇

も

百舌の子に　九九
戻り鉾　三五
ものぐさを　一三三
森のごとき　一九
もろもろを　六七

や

山桜　一六一
山の奥　九〇
山繭を　二六
山々の　一六
山よりの　八八

ゆ

雪柳　一三

よ

夜が明けて　一三一
吉野葛　一二一
吉野谷　一六〇

ら

来年も　六九
嵐峡の　四三

ろ

臘梅や　一三三

著者略歴

上松美智子（うえまつ・みちこ）

一九四五年九月二十五日、愛知県生まれ
一九七〇年より現住所在住
一九九九年十二月「古志」入会
　現在「古志」同人

現住所　〒五〇一―〇一二三　岐阜市鏡島西三丁目一番二〇号

古志叢書第四四篇

句集　松

初版発行日　二〇一五年一月十五日
著　者　上松美智子
定　価　二二〇〇円
発行者　永田　淳
発行所　青磁社
京都市北区上賀茂豊田町四〇―一
（〒六〇三―八〇四五）
電話　〇七五―七〇五―二八三八
振替　〇〇九四〇―二―一二四二二四
http://www3.osk.3web.ne.jp/~seijisya/
装　幀　加藤恒彦
印　刷　創栄図書印刷
製　本　新生製本

ISBN978-4-86198-300-9 C0092 ¥2200E